I Vagabondi dell'anima
di Annamaria Sgobba
in arte Coveh Tamah

I0531350

Titolo originale: I Vagabondi dell'anima
© 2011 di Annamaria Sgobba
Tutti i diritti riservati
ISBN 978-1-4477-3022-4

Alle mie amiche

Ho amato tante cose nella mia vita.. la musica, l'alcool, gli amici ma la cosa che amo più di tutte sono certamente le parole: scrivere. Nei momenti di totale solitudine, proprio in quei momenti in cui tutto sembra crollarti addosso, quelle note, forse anche un po' stonate, suonano ancora sempre più vive, sempre più belle...

Ne sento ancora l'odore ora che le sto vivendo. E' come in un sogno: le cose avvengono senza controllo e quando ti svegli senti quelle finte emozioni vissute, ancora presenti, ancora vive.

Sono dentro di te e permangono al ricordo.

Ho voluto far resistere al passare del tempo, rendendole incancellabili, queste mie parole che forse sono la mia vita.

Ho voluto rendere eterne le persone, fatti, perché restassero sempre vivi senza cadere nella dimenticanza del tempo.

La mia vita infatti non è altro che un fiume in piena in cui vengono travolte le parole e fatte prigioniere, in cui basta un'onda a farle vacillare.

Le mie amiche sono ormai distanti, ognuna con la sua vita, ma voglio dedicar loro questo mio libro proprio per accorciare questa distanza perché.. nel ricordo e nelle parole in cui esso si confonde, ... nessun luogo è lontano.

Coveh Tamah

Capitolo 1

Come una melodia, le parole si susseguivano su un foglio bianco e mentre scrivevo percepivo un vuoto, che si andava estendendo per tutto il mio corpo nel tentativo di fissare i ricordi nell'eternità del tempo.

La paura della dimenticanza di queste immagini mute mi corrodeva l'anima ed ero alla ricerca di cose che i miei occhi avevano vissuto nella mia mente più nascosta.

Quando, in un attimo, vedevo la luce magica di quelle fotografie interiori, piccole gocce cadevano sul mio triste volto ed era.. infinito..

La notte si illuminava di piccoli momenti indimenticabili e sapevo che mai avrei dimenticato la bellezza di quell'attimo fuggente nella memoria del tempo.

Come per magia le immagini prendevano forma ed io rivivevo quel sogno , quel sogno che era stato realtà..

Molto spesso eravamo preda di sguardi uccisori, di parole condannatici ma la nostra forza di vivere, andare avanti, scaturiva solo dalla nostra unione così forte, la nostra amicizia al di là delle cose che ci spingeva a vedere nuovi orizzonti e ad affrontare tutto senza timori.

Non esisteva momento non trascorso insieme, lacrima non versata in compagnia, passo non affiancato dagli altri.. purtroppo adesso non era più così: ognuno aveva preso la sua strada.. sì, si usciva insieme ma in realtà i momenti trascorsi davvero insieme erano realmente pochi, quasi nulli. Avevamo aperto le porte ed ora altra gente entrava nelle nostre vite, altre situazioni comparivano agli sguardi..

All'improvviso una lacrima sgorgò dai miei occhi e allagò lo specchio dei miei ricordi oscurati da altri pensieri. Fu allora, come un lampo, che ricordai.

Alla sola luce di una candela, noi sedute per terra parlavamo dei nostri progetti, discutevamo mentre le nostre ombre erano rischiarate da un tenue bagliore di fuoco..

Tutto aveva un senso compiuto dettato dall'ordine dei sogni, .. i nostri.

Vagabonde dell'anima sulla sponda di un fiume dalle alte acque infrante sulla dura roccia della vita che si piegava a quella ingente forza, camminavamo in un'affannosa ricerca di libertà per trovare noi stesse.

Come in una bolla, un desiderio..

Un volo nel cuore delle nuvole per non sentire quel triste vuoto intorno..

.. Il giorno in cui per la prima volta venni a contatto con la loro realtà, ricordo, era inverno ed io ero sola.

A quel tempo ero molto diversa, non mi piaceva stare in mezzo alla gente, in loro contatto, ... preferivo piuttosto immergermi in quella luminosità dell'animo e vedere il mondo da una finestra aperta, affacciarmi da questa e respirare aria nuova, tutta mia.

Loro erano tre, molto affiatate, si notava subito.. in un certo senso posso dire che mi incutevano timore, poi però come fili sottili di una ragnatela le nostre vite si sono intrecciate e da questi fili, che col tempo si son fatti sempre più resistenti, è nata una catena che ci unirà per sempre. Solo in seguito, a questo gruppo ristretto, si aggiunse un'altra figura che pensavo, allora, che non avrebbe mai fatto parte di me .. ma come al solito mi sbagliavo.. Adesso era lei, che io per tanto tempo avevo ignorato per stupidità forse, che seguiva tutti i miei voli infranti per mettere riparo a quelle mie piccole ali spezzate nell'incantesimo senza fine della vita.

Non ho mai capito cosa ci tenesse insieme pur essendo così diverse l'una dall'altra, forse solo la speranza di non sentirci sole oppure quello strano sentimento che giorno dopo giorno, come un fiore in un bellissimo campo, sbocciava in tutta la sua bellezza per farsi apprezzare dal mondo..

Quello che contava era essere diverse nella nostra individualità ma allo stesso tempo un tutt'uno.

..All'improvviso guardai fuori la finestra posta alla sinistra della mia stanza: l'oscurità aveva preso il sopravvento e il cielo era colmo di piccole schegge luminose; i miei occhi avevano ceduto il passo alla notte e su di me era calato un sonno liberatore che mi avrebbe accompagnato fino alla nuova alba.

Capitolo 2

Una voce risuonò nelle mie orecchie ancora assonnate mentre i colori del giorno si espandevano per il limpido cielo al di fuori la mia stanza, accecando i miei occhi ancora dormienti. Una voce insistente penetrava nei miei pensieri e, aperti gli occhi, seppi con certezza che il tempo aveva ripreso il suo normale corso e mi toccava vivere, ancora..

Il ticchettio di un orologio continuava a battere i secondi mentre piccoli raggi di sole penetravano nella stanza illuminando il mio volto.

Era ormai mattina e la vita aveva ripreso il suo abituale scorrere..

Un piccolo passero si posò sul davanzale della mia finestra in cerca di cibo e per un attimo i nostri occhi si specchiarono in uno scontro luminoso.

.. Come era trascorso veloce il tempo; senza accorgermene ero già grande e ciò, come del resto tutti i cambiamenti, mi rendeva paurosa.

Ai miei occhi non compariva altro che un tunnel tutto buio; molti volti erano passati davanti la mia figura, visi che, con le loro delicate mani, avevano nascosto, celato con delle maschere la bellezza della loro anima perché imprigionati nella loro ignoranza.

Non volevo perdermi fra il vento tempestoso del tempo e diventare qualcun altro, qualcuno che non ero io..

Cambiare mi intimoriva ed io, pur non volendolo, stavo cambiando per intraprendere l'avventura che mi si prospettava dinnanzi..

Una mano mi destò dai miei pensieri riportandomi alla realtà: dolci e rugose dita si posarono sulla mia giovane pelle in una affettuosa carezza, .. solo adesso mi accorgevo di star piangendo.

« Cos'hai? » mormorò al mio orecchio quella flebile foce che attraversò tutta la mia anima. Poi silenzio, un calmo e immenso silenzio cadde come un' abisso nella stanza. Sentii il rumore delle imposte semi aperte della finestra che si aprivano e, chiusi gli occhi sentì dei passi che si allontanavano nell'oscurità.

Nel semibuio della stanza finalmente penetrò luce piena.

Solo allora riaprii gli occhi che per la troppa luminosità avevo richiuso, posai i piedi per terra, rifeci il letto e cominciai a vivere quel giorno..

Il mondo mi era crollato addosso; avevo costruito intorno castelli di rabbia e, volevo scappare o avere un momento di pace e sentirmi bene per non provare quella dura tristezza che come una morsa mi avvolgeva il cuore ma mi toccava andare all'appuntamento, sentire ancora quelle maledette battutine, loro però, lo sapevo con certezza, non mi avrebbero mai abbandonata, sarebbero rimaste vicino a me per sempre.

Ero in ritardo e per la prima volta, da quando le conoscevo, le trovai tutte schierate sul muretto della piazza ad attendere il mio arrivo.

Solo Gaia, con i suoi larghi pantaloni e la maglietta rossa che tanto amava, non sedeva sul muretto ma era poggiata ad un albero posto a fianco del muro, fumando e chiacchierando con suoi conoscenti. Solo di tanto in tanto scambiava battute con le altre, lo vidi mentre camminavo incontro a loro, ma quando i suoi occhi scontrarono l'immagine del mio volto ancora assonnato, congedatasi da quei visi a me sconosciuti, mi venne incontro.

« Era ora! Questa è l'unica volta che sono in orario e tu, che fai? Arrivi in ritardo. E no, non è proprio possibile.

Ti stavamo aspettando già da un po', ti ricordi, vero, quello che dobbiamo fare? »

« Come va? »

Mi voltai e all'improvviso fui travolta dall'abbraccio di Viliù che per poco non mi faceva cadere per terra. Mentre parlavo con Gaia non mi ero per nulla accorta del suo arrivo.

« Beh, allora, che abbiamo deciso, si va? »

« Dove? » domandai.

« Si sapeva, la solita sbadata. Ma come, non ti ricordi? Abbiamo appuntamento con una nuova esperienza! Su, dai, ricorda! » la dolce voce di Gaia pronunciò al mio orecchio.

« Mm.. aspetta, ora ricordo! Dovevamo provare.. Ma non siamo in ritardo? » guardai l'orologio.

« In ritardo? Siamo un'ora in ritardo! Dai, andiamo prima che ci rompano. » gridò la voce di Viliù. « Dai, Rudi, Nelsi sbrigatevi che schiodiamo da qui. »

Quando eravamo insieme ci sentivamo invincibili poi però, in realtà, eravamo fragili come dei fiori spezzati in un campo e rinchiusi in una gabbia.

Vagavamo alla conquista di una libertà che forse non esisteva o non sarebbe mai esistita ma che, nelle nostre fantasie ancora idealistiche, noi provavamo in tutti i modi a vedere.. Sarebbe stato molto difficile conquistarla, ma fino alla fine, forse, eravamo sicure, ce l'avremmo fatta.

Capitolo 3

Una manciata di colori, emozioni, pervase il semideserto bugigattolo.

Lo spazio era scomparso e la nostra natura era divenuta altra.

Anche il piccolo tavolo posto al centro di quella piccola stanza ci sembrava non esserci più tanto da lasciare libero il passaggio verso gli altri, posti con noi in cerchio.

Per un attimo i miei occhi incrociarono quelli di Nelsi e mi ritrovai specchiata come in uno vetro a vedere nel suo volto, il mio.

Le pupille degli occhi uscivano fuori le orbite oculari e sembravano dover scoppiare da un momento all'altro su quel viso bianco scheletrico. .. Erano persi in chissà quale pensiero, ricordo.. riuscivano a vedere tutto pur se in un' ottica diversa dalla normale realtà che si prospettava dinnanzi.

Viaggiare sulle note di quella strana sensazione era un' emozione unica che mai più sarebbe ritornata a poggiarsi sulle mie mani che non riuscivano a prender niente, sulle mie labbra che non spiccicavano parola..

Era il mio primo viaggio e non volevo invasori nella mia mente contorta.

Mi ribellavo alla monotonia della vita: un modo come un altro per evadere via!

Toc! Toc!.. Un duro suono arrivò improvviso in quel tombale silenzio spezzando quella meravigliosa magia.

Una mano si avvicinò alla porta e, come per incanto, piegò la maniglia nel tentativo di aprire un varco in quella realtà.

Un po' di luce, allora, penetrò fra le sedie disposte sempre in cerchio intorno al tavolo che ora era ricomparso ai nostri occhi persi e un' ombra luminosa invase quell' oscurità nella notte incalzante.

« Ci si rivede eh? Però che visi tristi.. Non è che per caso vi siete ricordati di me?, no, non credo proprio. » Quella voce risuonò come un eco nelle nostre teste ancora stravolte da quella tempesta di emozioni che si era abbattuta poco prima. Non riuscimmo a capire molto, poi, ad un tratto Gaia si alzò dalla sedia, aprì la porta e corse fuori.

Rudi allora, alzatasi anch'essa da un' altra sedia e ricompostasi con ancora quegli occhi spenti, le corse dietro e, aperta la porta del locale, si ritrovò fuori abbagliata dalla luce dei lampi che illuminavano il cielo buio e bagnata dalla raffica di pioggia che si abbatteva veloce e potente sulla strada deserta e su tutto il corpo di Gaia che ballava incessante occhi rivolti al cielo, riportandola alla realtà.

Potevamo possedere il mondo!

« Cosa fai, .. stai bene? »« Su, dai, vieni anche tu a ballare nella notte.. chiama le altre, venite, accorrete a questo bel richiamo! »

« Gaia, che cazzo dici, se continui così domani avrai la polmonite. Dai, rientriamo. »

Gaia ora si era arrestata, i suoi occhi penetrarono quelli di Rudi, poi, all' improvviso, come se niente fosse accaduto esclamò: « Andiamo a prendere un gelato? Mi è venuta una gran fame. Ho proprio voglia di un gelato! »

« Tu sei tutta matta! .. Aspetta, chiamo le altre e andiamo o.k.? »

Per tutto il tragitto della strada che ci divideva dal bar, continuammo a cazzeggiare mentre i nostri pensieri ancora viaggiavano solitari.. non ci importava della pioggia che si abbatteva su noi rendendoci fradice. Avevamo voglia di divertirci e lo stavamo facendo.

Finalmente, dopo tanto tempo, eravamo nuovamene solo noi, come ai vecchi tempi… noi e nessun altro.La pioggia era finalmente cessata; l'orologio del Comune del paese risuonò i suoi rintocchi nel gelido vento invernale mentre un leggero chiarore si scorgeva all'orizzonte.. ci accorgemmo con meravigliato stupore di aver fatto le sei. Di li a poco il sole si sarebbe alzato a ricordarci che un altro giorno iniziava.

Nè Nelsi né io potevamo tornare a casa a quell'ora, sicuramente i nostri genitori avevano già notato la nostra mancanza in casa e dato l'allarme. Non ci avrebbero più fatte uscire insieme, almeno per un bel po'.

Decidemmo quindi di prendere la macchina di Viliù, l'unica di noi con la patente, un vecchio e scassato maggiolone scappottabile, e di partire.. andarcene, forse per sempre.

Viaggiammo in compagnia di alcune bottiglie di birra e vino comprate con quasi tutti i nostri soldi, il resto lo investimmo in benzina, bottiglie, che scolammo sulla musica dei Doors, mangiando chilometri su chilometri di asfalto.

I nostri soldi erano finiti e noi non avevamo neanche una meta definita da raggiungere ma non ci importava del futuro, di quello che avremmo fatto, avevamo il presente davanti e non saremmo certo tornate indietro.

Finalmente eravamo indipendenti e libere da quelle maschere che ci avevano costruito addosso. Eravamo figure sconosciute nel tempo..

Accostammo la macchina ad un angolo della strada, il sonno ormai si faceva sentire, e tranquille ci addormentando aspettando l'avanzare del giorno e cosa questo, al nostro risveglio, ci avrebbe prospettato.

Capitolo 4

Come ho già detto era inverno e noi avevamo freddo. Avevamo viaggiato per giorni senza lavarci e i nostri vestiti erano ormai sudici. I soldi erano già finiti da un po' e non avevamo niente da mangiare se non qualche altra foglia di erba che non avevamo ancora fumato.

Ci occorrevano soldi e vestiti puliti. Avevamo bisogno di un lavoro e una sistemazione provvisoria.

Ora eravamo consapevoli della responsabilità della nostra scelta.

Raggiungemmo un piccolo paese isolato su di una non molto alta collina, l'aria sembrava così rilassante che decidemmo di sostare e sbatterci un po'.

E trovata una fontana per dissetarci e rinfrescarci, ammirammo il paesaggio.

Era il tramonto e i vivi colori irraggiavano, con le loro tenui sfumature, il limpido cielo.

Viliù aveva lo sguardo esterrefatto davanti una così magica bellezza naturale che i suoi occhi ormai avevano dimenticato per lasciare solo spazio alla disperazione. Anche noi altre assaporavamo la quiete di quel breve momento che, immaginavamo, non sarebbe ritornato tanto presto nei nostri animi inquieti.

In quell' attimo sentì il mio volto bagnato, i miei occhi piangevano mentre il vento gelava quelle piccole gocce sulla mia pelle.

Nessuno poteva consolarmi, nessuno voleva vedere quella paura che si stava insinuando, inconsapevolmente, in ognuna di noi.

Raggiunsi la macchina e presa la chitarra, che sempre ci portavamo dietro, una melodia nuova invase l'aria mentre le note si susseguivano e formavano incessanti nel tempo di quella musica…

Composi mentre dalla bocca di Gaia si creavano parole nuove di una canzone ancora inesistente. Le nostre voci allora si unirono in un solo suono e poi fu silenzio.

Per fortuna facendo un po' di colletta avevamo raccolto un po' di soldi per poter mangiare ma avevamo ancora freddo e nessun luogo riparato in cui riposare per la notte così ci sistemammo sotto un ponte e, acceso un piccolo e flebile fuoco con della carta racimolata qua e là per le strade del paesello in cui ci trovavamo, ci abbracciammo…

Ormai tutte avevamo paura ma nessuna di noi osava confessarlo e intanto fra noi era sorto un alto muro di silenzio.

Nessuna riusciva a pronunciar parola, tutte eravamo assorte nel ricordo di quella vita che ora era passato.

Adesso riuscivamo persino ad apprezzare quella monotonia che avevamo fino ad ora cercato di evitare. Anche le piccole cose a cui prima non avevamo mai fatto caso, erano diventate importanti.

.. Avere da mangiare, una casa in cui sentirsi protetti, tutte quelle cose prima date per scontato…queste erano le uniche cose che adesso contavano.

Avvolte dal gelido vento che trasportava con se quei tristi pensieri eravamo purtroppo sole a combattere ognuna la propria battaglia con se stessa per vincere quella paura che si faceva sempre più incombente nelle nostre vite.

Finalmente, con i nostri occhi, non vedevamo più noi stesse come specchiate in uno strato cristallino.

Con quel poco di cibo ingoiato non ci muovevamo più a rallenty e anche quelle immagini mostruose proiettate dai nostri occhi nella realtà erano ormai scomparse per lasciar spazio a quell' oscurità illuminata da una fiacca luce.

Le grida di sconforto che si smorzavano nelle nostre gole erano voci mute di un linguaggio fantasma. Solo gli sguardi, a momenti, si scontravano lasciando intravedere all'altro i sentimenti di quell' animo in pena e, allora, sembrava crearsi il nulla e noi dentro…

Le nostre uniche coperte erano dei sottili fogli di giornale che per fortuna qualcuno aveva gettato e noi avevamo trovato ma, erano pur sempre troppo freddi per farci sentire il calore che ci eravamo lasciati dietro.

Nelsi aveva perso una parte di se in questo viaggio.. aveva cercato di dimenticare quelle carezze, quei dolcissimi baci.. ma quel ricordo vinceva su tutto. Anch'io percepivo una sensazione di vuoto in me ma ero diversa da Nelsi, io vivevo come in un sogno rapita dalle stelle…

Ognuna rinchiusa nella cella del proprio essere, appannata la vista, si perdeva nel buio di quelle certezze mancate e un silenzio muto continuava a vagare nelle nostre parole.

I nostri sogni erano smarriti, le nostre energie esaurite.. eravamo come fili tesi che si stavano indebolendo per poi rompersi.

Io avevo bisogno del ricordo costante della voce di mia madre che sempre premurosa si occupava di me, ma era troppo tardi. Non avrei mai trovato il coraggio per telefonarle. In fondo, mi piaceva questa totale libertà ma d' altra parte ne avevo anche paura..

Volevo essere felice con poco, volevo amare ed essere amata, volevo uccidere il tempo, volevo volare sulle rose nuvole e.. respirare e.. guardare dall'alto il mondo e vivere nel ricordo e, ..essere felice.

Capitolo 5

Nel nostro paese natale era un gran subbuglio: macchine che sfrecciavano avanti e indietro per le strade alla nostra ricerca; poliziotti che come in un copione di un film poliziesco, interrogavano tutti nel tentativo di scoprire qualcosa che facesse capire la nostra fuga; luci accese in piena notte.

Ad un estraneo poteva apparire come una festa. (Non si era mai visto tanto movimento prima d'oggi).

Solo scambi di teneri e preoccupati abbracci lasciavano trasparire la disperazione di quei corpi cui erano stati sottratti i propri figli.

« Dove saranno? » si chiedevano. « Le avranno rapite, violentate e lasciate a morire? E perché? »

Era un immenso interrogativo a cui, purtroppo, non si poteva dare risposta.

Nei loro sguardi stanchi solo la speranza di un nostro ritorno o di una nostra chiamata..

Alcuni attendevano presso il proprio domicilio, senza mai allontanarsi dal telefono, un nostro segnale di vita; altri, con passi affrettati, cercavano costantemente indizi della nostra improvvisa scomparsa.

Mia madre vagava sola, a differenza degli altri genitori, in preda alla più totale disperazione, per gli stretti vicoli della cittadella, nella notte ormai inoltrata.

Né una parola né alcun suono usciva dal suo volto, solo tristi lacrime che le rigavano incessanti il viso bianco dalla disperazione.

.. E mentre si era svegli, solo cattivi pensieri vagavano nel tempo della memoria..

Era cosa inaccettabile il pensiero della nostra voluta evasione da quei luoghi che sempre avevamo ritenuto non appartenerci, luoghi ritenuti estranei alla nostra realtà.

A volte capitava, specie nelle ore notturne, che gli occhi si lasciavano trasportare dalla notte, ma sempre, improvvisamente, suoni familiari, rumori nelle stanze, ridestavano la ragione e, come in un abbaglio luminoso, le palpebre iniziavano a muoversi a lasciar intravedere ombre del passato.

Quelle schegge di tempo trapassavano la memoria più nascosta e sembravan prender vita vecchi visi, ricordi pensati ormai perduti, ma la realtà era un'altra e si presentava sempre ad occupare vane speranze..

Quelle figure vagavano nell'ombra dell'oscurità e non potevano far altro che esser lì, preoccupate, ad immaginare ogni sorta di cosa. Nel loro cuore un unico sentimento: PAURA, sì, paura di non poter più toccare quelle mani piene di vita dei loro figli; paura di non sentire più il suono delle parole pronunciate dalle nostre bocche giovani; paura della dimenticanza di quelle persone che un tempo erano tutto il loro mondo, l'infinito.

I minuti scandivano i secondi e sembrava il tempo bloccato in un eco muto a non lasciar intravedere il trascorrere in quell'eternità di silenzio.

Intanto, incessantemente, i poliziotti vagavano nelle campagne e per i vicoli sempre più vogliosi di ritornare dalle loro famiglie. Non spiccicavano, seriosi, alcun sorriso, né alcuna rassicurazione davano rinchiusi nelle loro scure divise che li rendeva altezzosi e potenti all'esterno. Perfetti nella loro sicura andatura, ricchi di esperienza.. ma privi di compassione calavano il passo sulla nuda terra sulla quale noi avevamo vagato per mari ignoti alla ricerca di qualcosa o qualcuno che ci rendesse non più schiave di questa società ma uccelli liberi volanti nel bellissimo e chiaro cielo della vita.

E mentre i giorni passavano come fogli bianchi, quei brutti pensieri, impadroniti degli animi, si facevano sempre più realtà. Una realtà a cui non si poteva e non si voleva per nulla credere.

Capitolo 6

Da qualche giorno avevamo conosciuto delle persone e con loro adesso danzavamo intorno ad un piccolo falò in una campagna, ma anche se in noi era apparso uno spiraglio di allegria, la tristezza era sempre nostra compagna fedele.

Vidi Rudi, che si era allontanata dal gruppo festante, assorta a guardare il cielo limpido stellato e poco dopo mi avvicinai a lei per ammirare anch'io quel meraviglioso spettacolo e chiacchierare un po' con lei.. infatti era da tanto che non capitava.

E avvicinatami silenziosa a lei, dopo essermi seduta accanto, la guardai.

Per un attimo mi sentii smarrita, poi come se le parole uscissero da sole dalle mie labbra senza che io riuscissi a controllarle, domandai lei:

« Ti vedo pensierosa, cos'hai? Su, dillo, anche tu vuoi tornare a casa, vero? La lontananza dei nostri affetti si fa sempre più sentire ormai. Saranno già alcune settimane che siamo via. Sento che stiamo crescendo in fretta, forse troppo in fretta per la nostra età e sentiamo la responsabilità delle nostre azioni, che ci sta piombando addosso, arrivare ad essere stanca di non essere più controllata. All'inizio era tutto bello, un gioco, ma ora questo gioco non pensi abbia preso una piega troppo impegnativa per le nostre personalità troppo fragili? »

« Sì, è proprio così. Sento forte la mancanza di quella gente e di quei luoghi comuni che io, prima, ho tanto odiato.

Vorrei non fosse così, ma mi sono resa conto di essere divenuta fragile o forse lo sono sempre stata. Sono cambiata e maturata; .. adesso vorrei riprender le redini della mia vita e tornare alla tranquilla e monotona normalità. Sento il bisogno di chiamare a casa ma purtroppo non ho il coraggio e... »

« Penso che questa sia una volontà di tutte noi anche se non ce lo siamo dette e c'è la paura di farlo che ci blocca. Il mio timore più grande è quello di sentire le voci distrutte dei nostri genitori ma, se anche in questo resteremo insieme sarà più facile affrontare questa situazione.

Ma pensi mai a cosa potrà accaderci al nostro ritorno? Questa esperienza ci ha unite ancora di più. Se vi perdessi non so proprio cosa potrei fare. »

« Non ci voglio proprio pensare. .. Ma ora basta parlare, c'è quest'infinito a parlare per tutti.

E le altre dove sono? Ah, eccole, vedi come ballano, si divertono. Potessi farlo anch'io!

.. Senti, ma tu non hai notato proprio niente? Beh, da come mi guardi si direbbe proprio di no.. vabbè, te lo dico io. Secondo me Lorenzo si è innamorato di te. Non hai visto come ti guarda? Stasera non ti ha staccato gli occhi di dosso. Perché non ci parli? Oppure non ti piace? »

« Stai scherzando spero. Come posso parlargli adesso che abbiamo deciso di andare via? »

« .. Non fare la difficile, si vede lontano un miglio che ti piace, e pure parecchio. E poi, è o non è un vagabondo come noi? Potrebbe sempre decidere di cambiare aria anche lui e venire con noi. Più siamo e meglio è, .. no? »

« O.K. mi hai convinta, ci vado. In fondo non ho niente da perdere. »

E alzatami mi allontanai da Rudi per raggiungere gli altri che imperterriti continuavano a danzare nella lunga notte.

La mia bocca ora sorrideva. Mi voltai per guardare Rudi e la vidi che finalmente si era alzata e saltellava nella nostra direzione.

Mentre camminavo alzai lo sguardo persa in quella miriade di stelle ma d'un tratto qualcosa mi destò dai miei pensieri. Sentì il calore di una mano che sfiorava la mia e una presenza al mio fianco e mentre continuavamo a camminare dolcemente, silenzio e calma quiete.

Poi, due labbra chiuse in un abbraccio di sogno..

In lontananza grida festose e note di una canzone; le voci non ben distinte dal sibilare del vento che da poco si era alzato e i rami che, cullati da quel movimento, creavano teneri e suggestivi passi di danza tutt'intorno.

Ora gli occhi degli altri si erano posati su noi .. in fondo era da un po' che ci eravamo allontanati dal resto del gruppo.

Bruscamente ci allontanammo imbarazzati ma era troppo tardi per celare quel sentimento. Era accaduto tutto così in fretta da non rendercene, anche noi, ancora conto.

Dalla tasca dei miei pantaloni estrassi il pacchetto semi distrutto delle sigarette e presane una l'accesi e respirai profondamente mentre mi avvicinavo al gruppo.

Cosa avevo fatto?

Ormai la notte era quasi finita e cominciava, nonostante il fuoco acceso che lentamente si consumava rischiarando il buio della campagna circostante, a far veramente freddo.

Mi sedetti vicino Rudi che mi strizzava, complice, il suo occhio furbo e terminata la sigaretta presi la parola:

« Domani torniamo a casa? »

« Sì, anch'io lo vorrei tanto » sostenne Rudi.

« O.K. Penso proprio sia giunta l'ora. » Riprese Viliù.

Subito cadde fra noi un tombale silenzio in quella magica allegria.

E scostato lo sguardo dai volti delle mie amiche vidi, solitaria, un'ombra che alzatasi si allontanava nel buio, da noi..

Nel cielo le stelle ormai iniziavano a spegnersi e fu giorno.

All'orizzonte l'alba lasciava mescolare i colori nel limpido spazio non ancora delineato e dopo quello stupendo spettacolo ci addormentammo.

Avevamo conosciuto Lorenzo ed i suoi amici sere addietro e con loro ci eravamo molto divertite quella sera e le altre che erano seguite. Adesso li consideravamo dei nostri.

Ci sarebbero sicuramente mancati nel nostro viaggio a ritroso, di ritorno verso vecchie mete già da tempo prefissate.

Di certo ero io quella che avrebbe sofferto maggiormente la loro lontananza ma ero decisa a tornare, .. indietro. Nulla mi avrebbe fatto cambiare idea.

Capitolo 7

Avevamo finalmente deciso di tornare a casa e affrontare tutte le conseguenze che ne sarebbero derivate ma, purtroppo, avevamo venduto il maggiolone, pezzo dopo pezzo, ricordo dopo ricordo nella necessità di procurarci soldi per mangiare e vestiti puliti.

Adesso quindi non avevamo un mezzo ne soldi per raggiungere nuovamente il nostro paese e soprattutto, i nostri cari.

Di quella bellissima vettura non restava altro che lo scheletro, quelle dolci ossa morte che adesso non camminavano più.

I nostri ricordi, pezzi infranti della realtà, adesso, erano nelle mani di qualcun altro a comporre quella nuova vita, senza rimorso alcuno né senso di appartenenza a un mondo diverso.

Noi, riprendevamo il nostro cammino, forse agli occhi degli estranei un inutile gesto di chi non ha la testa sulle spalle, ma che per noi era stato un modo per crescere e aprirci ad un orizzonte più vasto di quello che i nostri sensi fino ad adesso avevano respirato. Volevamo oltrepassare il nostro confine.

In alcuni momenti avevamo avuto bisogno di aiuto e, in quei momenti avevamo avuto la certezza di non avere altri amici se non noi.

Ora ci apprestavamo a tornare indietro senza vergognarci di quanto fatto; certo, all'inizio, lo sapevamo, sarebbe stata dura iniziare tutto da capo ma, a poco a poco, affrontando le nostre ritornate immagini costruite, avremmo ricominciato una nuova vita.

Dovevamo solo riprendere i nostri passi e ritornare a vivere la nostra strada.

Era giorno inoltrato e svegliateci per il cocente calore del sole, che ormai era alto nel cielo sgombro di nuvole, decidemmo definitivamente di partire.

Per diverse ore facemmo l'autostop, anche se sapevamo che sarebbe stato difficile trovare un passaggio per tutte e cinque insieme, ma fortunatamente ci imbattemmo in un gruppo di motociclisti che gentilmente ci offrirono il loro aiuto.

E saltate quindi sulle moto iniziamo il nostro viaggio nel passato mentre il vento ci muoveva impazzito i capelli e le nostre menti vagavano nel buio dei pensieri.

Non parlammo per tutto il tragitto, trall'altro la cosa sarebbe stata molto difficile visto che eravamo su delle moto, né i nostri occhi si incrociarono. Le nostre bocche non avevano parole e i nostri sguardi erano incantati dalla bellezza dei paesaggi e dal timore della nostra divisione, eravamo infatti consapevoli che al nostro ritorno, sicuramente, non ci sarebbe stato dato il permesso di stare insieme, .. almeno per un po'.

Pensavamo alla nostra libertà che stava fuggendo via come la strada che ci eravamo lasciate dietro, ora però non avevamo più paura.

Quello che provavamo era qualcosa di indescrivibile..

Fu all'improvviso che ci accorgemmo dell'avvicinarsi di un vecchio paesaggio a noi familiare e mentre le nostre menti si perdevano ancora, giungemmo al paese.

Senza ancora renderci conto di nulla fummo subito bloccate dalla polizia e sbattute nella realtà.

In caserma fummo raggiunte dai nostri genitori e dopo un ultimo nostro abbraccio pieno di lacrime, che presagiva già cosa sarebbe accaduto in futuro, non ci vedemmo più.

Nelsi fu spedita in un lontano collegio.

A Viliù fu impedito di vederci e sentirci con qualsiasi mezzo.

Gaia fu quasi reclusa in casa mentre Rudi ed io, dopo un lungo periodo di punizione, potemmo riuscire in strada e.. vederci.

Capitolo 8

Era trascorso moltissimo tempo e un po', sia per necessità ma soprattutto per nostro volere, eravamo cambiate.

Purtroppo però, pur se avevamo una gran voglia di vederci e.. riscoprirci, il tempo passato ci aveva rese paurose e.. lontane.

La nostra amicizia, infondo, era sempre stata così, fatta di alti e bassi, di vicinanza e lontananza.. ma, a prescindere da questi brevi periodi, era forte e andava sempre al di là del fossato.. come noi.

Vivevamo distanti per un periodo, impegnate in ogni sorta di faccenda e poi, all'improvviso, eravamo di nuovo insieme per una qualche incantevole magia come se nulla, nel frattempo, fosse accaduto e quel periodo di separazione mai esistito. Sapevamo di poter contare l'una sull'altra e questo ci dava sicurezza.

.. In questo caso, le cose però erano un po' diverse. Questa separazione forzata non dipendeva infatti da noi ma da fatti estranei, esterni a noi stesse.

I nostri genitori, ancora timorosi, ci bloccavano nelle azioni, ci toglievano il nostro unico possesso: la libertà; ci impedivano di vederci ma noi riuscivamo, per fortuna, a incontrarci.. spesso io e Rudi, meno le altre.

Vederci era sempre un rischio quindi, di nascosto, ci riunivamo in posti segreti sperando di non essere scoperte.

Come sempre chiacchieravamo, facevamo progetti, .. eppure un senso di vuoto era tangibile dalle nostre parole forzate e dai nostri gesti. Primo segno di una rottura irrefrenabile nell'abisso più buio della vita.

Ci sforzavamo nel non lasciar trasparire la noncuranza, ma la realtà era inarrestabile e presto non fu più possibile fingere ancora. E, tolte le nostre maschere, scoprimmo di essere ormai diverse, farfalle ancora chiuse nel bozzolo della paura..

Rudi e Viliù cominciavano ad uscire con nuova gente, forse perché i loro interessi erano cambiati ed era difficile ristabilire l'equilibrio con noi, .. fare più tardi la sera senza essere controllate a distanza.

Vedersi con loro era divenuto quasi impossibile, avevano infatti acquisito ritmi frenetici nel tempo ed erano ormai incuranti del resto del mondo, egoiste e sempre più sole pur essendo accerchiate da continue presenze.

A noi altre, sembrava che fossero così diverse da quelle che un tempo avevamo conosciuto, .. ora, erano come dotate di una doppia personalità.

Mi davano l'aria di quegli attori che si incontrano, a volte, nelle opere teatrali, che recitano una scena senza entrare nella vita del personaggio interpretato, potenti perché su di un palco ma privi di qualsiasi emozione, sentimento.

Loro erano le più cambiate, sembrava, dalle circostanze.

Questo mi dispiaceva, ma ero impotente. Non potevo far altro se non amare ancora quelle figure familiari spinte dal vento.

Tornare indietro, a quelle che eravamo un tempo state, era troppo difficile, rischioso.. se non impossibile.

Nella mente solo una speranza, tornare ad essere bambino.. vero e puro me stesso.

Capitolo 9

Viandanti, vagavamo nel buio creato dalla nostra esistenza e volevamo essere altrove in quei momenti, desertici attimi di memoria passata mentre i sogni volavano via.. lontani..

Nella mia camera, in solitudine, tentavo di cercare un sistema che ci rendesse di nuovo unite ma, più riflettevo e più mi domandavo quale fosse stato il punto di contatto in cui il filo, che ci univa, ormai teso si era spezzato.

Come su una ragnatela ripercorrevo il ricordo e mi perdevo nel labirinto della vita.

Io avevo subito la perdita di un parente caro e, non avendo superato e accettato la cosa, avevo ripreso a bere tanto, come un tempo…

Questo allontanamento dalle altre, inoltre, non aveva fatto altro che accentuare il mio stato di disagio.

Sdraiata sul letto e sempre ossessionata dalle parole di mia madre, che mi ripeteva in continuazione le stesse cose, cercavo qualcosa che mi salvasse da quell'insopportabile tormento ma intorno.. nulla e, dentro, solo indesiderato silenzio..

E sentivo di essere sola, immersa nell'infinito, a combattere quella battaglia interiore che si abbatteva nella mia mente e rendeva l'animo inquieto come mai prima.

" Al di là dei sogni

Vedo sorgere le nuvole.

Avvicinarsi temporali

Che precipitano nel buio.

Ma oggi è un altro giorno ed io,

sono me stesso.

E smascherato sono

dal profondo e incurante animo,

bambino,

che libra lontano,

cullato dolcemente dalle onde del mare…"

Capitolo 10

Ed era nuovamente giorno, con il sole affacciato dalle porte del cielo dopo una lunghissima notte.

Ancora adesso, pur ripresa la normale attività vitale, sentivo aleggiare intorno quell'atmosfera di sogno che mi teneva avvolta come un bimbo nel grembo materno.

Passata la notte, quel dolce candore si era dissolto nel nulla da cui era provenuto e la realtà incombeva ormai ad annunciare la ricomparsa del tempo e la ripresa del cammino.

La paura era ritornata ad affacciarsi ad i miei occhi; era una sensazione che era precipitata, casualmente, da capo, su me.

Ascoltavo i miei assordanti pensieri e.. volevo sbatterci contro e superarli ma, qualcosa tratteneva sempre il mio viaggio mentre sentivo corrodermi dentro.

Dal mio tentativo di volo cadevo sempre per terra senza mai riuscire a rialzarmi. Mi stavo perdendo fra i vari stati d'animo del mio cuore e sentivo il bisogno della presenza vicina di qualcuno e.. ma anche sorridere.

E l'odore di catene farsi così forte, e il coraggio smorzarsi, e la mia vita trascinarsi..

Prendere coscienza della situazione, questo dovevo fare.

Riprendere le redini della mia vita e.. controllare la triste tormenta.

Che difficile impresa chiamava il mio cuore, un attimo così sicuro e fiero e l'attimo dopo in balia dell'oblio.

Non me ne rendevo ancora conto ma a poco a poco stavo ritrovandomi, liberando la mia mente e il tutto..

" E tutto svaniva

nel silenzio di quella notte,

anche il pensiero che

solitario vagava lontano e..

porgendo lo sguardo

verso le montagne create,

sentivo avvolgere il vento

e incatenarmi con un filo

chiamato

LIBERTA'""

Capitolo 11

« Pronto? » domandai io prendendo in mano il ricevitore e accostandolo all'orecchio.

« Ciao, lo so, forse non ti ricordi neanche più di me. E' passato così tanto tempo.. ma volevo chiedertelo lo stesso. Io ed altri amici vogliamo affittare un locale per stare insieme la sera. Ti va di unirti a noi?

.. Forse ti sembrerò scendere dalle nuvole, ma ricordo che una volta lo desideravi tanto. Beh, allora, che ne dici? »

Come mi era familiare quella voce.. quanti ricordi ricomparivano alla mente.. e che gioia nel risentirla.

« Grazie per aver pensato a me. Accetto. Noto che anche se siamo lontane e non ci vediamo da tanto, ti ricordi ancora tutto di me. Non vedo l'ora di vederti! Non ci posso credere.. pensavo di non rivederti più, invece… »

« Ah, dimenticavo,.. in realtà non sarai la sola che rivedrai .. Anche le altre hanno accettato. Speriamo solo che la cosa vada in porto e.. duri.

Ho paura di rincontrarvi; siamo state lontane molto tempo.. abbiamo vite diverse adesso o ci sembrano soltanto tali da non averci permesso di capire di camminare sulla stessa strada..

Ma basta perdersi in chiacchiere, ci sarà tanto tempo ora.

Sono felice che anche tu abbia accettato. »

« Ma anch'io! E non immagini neanche quanto. »

« Allora ci vediamo tra un paio d'ore in piazza, o.k.? »

« O.k. ci vediamo al solito posto. »

E, abbassata la cornetta del telefono mi accorsi di aver stampato in faccia un sorriso.

Era veramente possibile che ciò stesse accadendo davvero?

Non riuscivo ancora a crederci eppure ero pronta a scommettere di non star sognando. Quel sogno tanto agognato era finalmente divenuto realtà.

Era estate. Un vento nuovo volava su me mentre il tempo scorreva, lento, o almeno così mi sembrava, impedendomi di correre veloce.

Sì, veloce contro il vento.

Sempre più in alto.

Capitolo 12

L'orologio a pendolo del salone della mia casa scoccava l'ora esatta dell'appuntamento, ed i miei passi verso la meta tanto desiderata si facevano sempre più esitanti man mano che si accorciava la distanza.

Come potevo non aver paura dopo così tanto tempo?

Cosa potevo aspettarmi se non un po' di freddezza da quelle persone che un tempo erano mie alleate, complici e fidate sorelle?

Provavo molte incertezze dentro eppure sentivo l'istante, troppo lungo e anche troppo breve, fremermi dentro, come ingabbiato in un desiderio d'amore.

Era quasi impossibile immaginare che quel momento tanto atteso stesse per realizzarsi via via che i miei passi incalzavano, ora veloci sulla strada, accorciando sempre più la distanza.

Chi erano le altre persone, che da quel momento, avrebbero condiviso con noi nuove avventure?

E noi, .. noi chi eravamo diventate?

Forse delle estranee, ma questo lo eravamo già da tempo. Forse ciniche ragazzette viziate pronte a criticar tutto o forse, uccelli in libero volo..

E mentre questi pensieri invadevano la mia mente inquieta, da lontano il sole era chiaro all'orizzonte e rischiarava i palazzi circostanti.

C'era stato da poco un temporale ma adesso le nuvole si erano diradate a lasciar posto ad uno splendido e coloratissimo arcobaleno.

Era il più bel arcobaleno che in tutta la mia vita avessi visto.

Era dentro me, ora, il sereno.. quell'atmosfera incantata da poeta.

Io scrivevo cose un tempo.. ma poi avevo perso l'ispirazione. Ora, le parole, da tempo cercate, erano ritornate a poggiarsi sulla mia penna a ridisegnare quella parte di anima che era svanita e adesso ritrovata.

Aspettavo nel luogo esatto dell'appuntamento, e come ai vecchi tempi non era ancora arrivato nessuno, così seduta sul muretto meditavo in solitudine.

Poi, fui percorsa da un piacevole brivido. Un tocco magico come una nota in una canzone.

..E, rivivendo in un attimo tutto quello che era un tempo stato, riprovando quelle pure emozioni e riscoprendo quei bei ricordi assopiti, come dal profondo eterno e silenzioso sentì una voce e poi tante chiamare…il mio nome..

..Restai allora, in silenzio, ad ascoltare quei dolci suoni.. senza saper più cosa dire.

Coveh Tamah vive a Castellana Grotte (BA), da circa due anni svolge la sua attività di assistente sociale. Gli amici la conoscono come Annamaria Sgobba e questa è la sua prima opera!

Foto in copertina "i frikkettoni" di Patrizia Mastroleo.

www.ingramcontent.com/pod-product-compliance
Lightning Source LLC
Chambersburg PA
CBHW071223130626
46555CB00004B/1822